Reflexions
sur les
onsultations de
Vauchassy.

# RÉFLEXIONS

## SUR

# LES CONSULTATIONS

## de Vauchassy.

### PAR UN AMI DE L'HUMANITÉ.

*Aliquid semper ad communem utilitatem afferendum.*
*CICERON.*

Se vend chez les principaux libraires du département de la Marne et des départemens voisins.

1818.

DE L'IMPRIMERIE DE T.-J MARTIN.

# RÉFLEXIONS

SUR LES

Consultations de Vaucbassy.

Par un Ami de l'Humanité.

*Aliquid semper ad communem utilitatem afferendum.*
CICERON.

Depuis plus d'un an qu'un nouveau *Thauma-turge* fait des dupes dans toute la Champagne et au-delà, et que, sous un decorum séduisant pour beaucoup de gens, il capte la trop facile crédulité du peuple, on s'étonne, et avec raison, de n'avoir pas encore entendu une seule voix se récrier contre des abus qui paraissent se multiplier de jour en jour, et dont la tolérance, il faut le dire, est une honte pour un pays éclairé.

( 4 )

Je n'ignore pas toutefois que mes *Réflexions* n'affectent désagréablement beaucoup d'oreilles qui, trop peu accoutumées à entendre la vérité, se prêtent plus volontiers aux charmes de l'illusion qu'au langage de la raison. Mais je ne pouvais sacrifier à des considérations aussi puériles les plus chers intérêts de l'humanité : non, jamais un pareil sentiment ne prendra assez de force en moi pour m'arrêter dans un devoir que commande à-la-fois l'amour du bien, de mes semblables et de mon art; devoir aussi sacré que pénible, mais que m'aideront du moins à remplir la Vérité et l'Impartialité.

Un Prêtre, à qui ce caractère ne devrait imposer que des devoirs essentiellement spirituels et religieux; un prêtre, dis-je, sous l'habit sacerdotal, sous le prétendu titre de cousin du Roi (1), et sous celui plus ridicule d'*envoyé de Dieu*, ouvre des Consultations à son domicile de Vauchassy (2), où sont reçus tous les malades ré-

---

(1) Si M. l'abbé Valois se croit cousin du Roi, parce qu'il est dit-on, fils naturel d'un Prince de la branche des Valois, il est plus d'une famille en France qui, se trouvant dans le même cas, pourrait revendiquer encore aujourd'hui de pareils titres.

(2) Village situé à 4 lieues de Troyes en Champagne.

putés incurables, et autres. Il a, dit-on, pour associés, un médecin et un pharmacien qui n'ont pas honte de déshonorer le Corps respectable auquel ils appartiennent, en participant à des jongleries dont la Religion et l'Humanité s'indignent, et qui blessent en même temps toutes les lois de l'honneur, de la délicatesse et de la probité. Ils forment ensemble un petit Comité qui paraît s'entendre à merveille, et c'est bien le cas de dire : *Qui sese similant, sese jungunt.*

Pour démontrer aussi clairement que possible jusqu'à quel point M. le curé en impose au public, il me suffira de présenter la solution des deux questions suivantes.

## PREMIÈRE QUESTION.

M. le Curé de Vauchassy est-il médecin ?

Par cette question, je n'entends pas précisément demander s'il est porteur d'un diplôme, à la faveur duquel il tromperait, aussi impunément qu'il le fait, tous les malades qui viennent le consulter ; je demande seulement s'il a jamais étudié en Médecine : et c'est la question que toutes les personnes de bon sens qui ont lu ses consultations ont déjà pu résoudre par la négative. Mais je ne m'adresse pas uniquement à celles-là ;

c'est à deux autres classes d'hommes également dupes et plus ou moins coupables. C'est d'abord aux malheureux atteints de maladies graves ou incurables, que la renommée de M. le curé appelle gratuitement à lui pour réclamer son secours ; c'est ensuite à la foule de visionnaires que l'éclat d'une telle renommée éblouit au point d'aller, sous toute sorte de prétextes, chercher les divins remèdes de Vauchassy. Je pardonne facilement aux premiers, et les plains de tout cœur. Quant aux autres, on peut dire qu'ils sont tout au moins bien aveugles, s'ils n'ont pas entièrement perdu la raison. M. le curé les a cependant bien avertis, car il les a prévenus, dit-on, qu'il faisait la Médecine avec des *simples* d'une espèce toute particulière. Mais cette vérité, à laquelle il voulait sans doute donner un sens figuré, n'a pas encore cessé d'être prise au pied de la lettre. Pour moi, je crois que la Champagne est pour lui, en ce moment, un des pays les plus fertiles en simples de l'espèce dont on peut croire qu'il ait voulu parler.

La méthode de M. le curé n'étant nullement susceptible d'analyse, puisqu'elle n'offre à l'esprit que bizarreries, contrastes et absurdités, je ne rendrai pas compte de ses différents remèdes, qu'il prend sur un registre, tout aussi aveuglément qu'ils y ont été placés, sans jamais leur donner la moindre modification : aussi le plus grand nombre des malades atteints d'affections souvent opposées, en se rendant compte de leurs consultations, ont-ils été fort étonnés de rencontrer le même mode de traitement. Par exemple : l'un, tourmenté de Pyrosis ( douleurs d'estomac), a eu le remède excitant ( bois sudorifiques, *écorce de chêne*, *Pareira brava*, vin, sucre, canelle, etc. etc. ); l'autre, affecté de catarre vésical, a également eu le même remède. J'en demande pardon à M. le curé ; mais je me permettrai de lui dire qu'il avait tort dans les deux cas, en lui observant que, pour le second, il aurait dû surtout y prendre garde ; car sa méprise est double. Il devrait au moins savoir que la *Pareira brava* et *l'écorce de chêne* qu'il affectionne particulièrement, donnent souvent des catarres vésicaux contre lesquels il l'emploie à chaque instant, et sûrement sans le savoir.

Un autre remède non moins favori de M. le curé, mais qui n'est pas le favori de ses malades, se compose de soufre et de beurre frais. Celui-ci est si généralement employé, qu'il est peu de consultans qui ne le rapportent de Vauchassy. Une personne qui n'avait certainement pas la gale, et à qui pourtant il était prescrit, observa qu'elle n'avait jamais eu cette maladie. « Quoi !

« lui répond M. le curé, avez-vous le souvenir
« de vos premiers mois ? et pensez-vous d'ailleurs
« que vos pères ne l'aient jamais eue ? — Bon !
« dit en lui-même le malade souriant et déjà
« tout désabusé, voilà un système de transmis-
« sion héréditaire qui est bien consolant pour
« les familles : si cela est en effet, je défie de
« trouver un seul individu exempt d'une telle
« maladie. » Peuples de tous les pays du monde,
accourez-donc bien vîte à Vauchassy ! !

Que penser du fameux gratin de riz et de
lait que M. le Curé préconise dans la plupart
des maladies, en recommandant bien qu'il soit
*fait dans un poêlon neuf, et qui n'aura pas
encore servi ?* Que dire aussi de cette composi-
tion de vin et d'huile *bouillis jusqu'à consistance
d'onguent*, qu'il conseille d'appliquer sur les
plaies et ulcères. Avant d'apprécier les vertus de
ce remède, je désirerais que M. le curé nous ap-
prît au moins comment il a jamais converti en onguent ces deux substances ; car des malades ont
eu la constance de les soumettre à une ébullition
de plusieurs jours, sans qu'elles aient pris la
moindre apparence d'onguent, ni même de mé-
lange ; et peut-être auraient-ils continué plusieurs mois sans obtenir d'autre résultat.

Avouons-donc qu'une telle thérapeutique est
au-dessus de toutes les connaissances humaines.

Oui, M. le curé possède, en Médecine, des lumières qu'il n'appartient à personne ici bas de pénétrer; et chercher à s'en éclairer serait, au contraire, s'enfoncer dans un abyme de ténèbres.

Le vin, le sucre, ne sont jamais oubliés dans les consultations de Vauchassy. Des malades ont usé jusqu'à soixante bouteilles d'un vin généreux, et autant de livres de sucre, en moins d'un mois : l'on ne compte pas les aromates qui font toujours l'assaisonnement de ces remèdes.

Les tisanes de M. le curé sont d'une telle saturation, que l'on est toujours tenté de croire qu'il prend les livres pour les onces, celles-ci pour les gros, etc. Mais, comme il a six sens éclairés de toutes les lumières du ciel, personne ne s'avisera jamais de lui dire qu'il se trompe, ni même de lui appliquer l'adage : *Errare humanum est.* J'avoue surtout qu'il m'est impossible de penser à ses doses purgatives, sans accorder la plus vive commisération à ceux qui en font usage. Neuf onces de *séné*, autant de *semen-contrà* et d'*extrait de casse*, quatre *gousses d'ail*, voilà ses plus douces médecines, qui durent ordinairement neuf jours consécutifs : une pareille neuvaine n'est-elle pas tout aussi cruelle que le supplice des convulsionnaires de Saint-Médard? Il y a longtemps que l'on n'avait vu un aussi digne chef de la race des purgons et des polypharmaques. Tout le monde ne s'en plaint cependant pas, car un pharmacien me disait, il y a quelque temps, que les consultations de Vauchassy lui avaient valu environ 2000 francs, en moins de six semaines.

Comme le style formulaire de M. le curé paraît tout-à-fait singulier à beaucoup de personnes qui sont même étrangères à la Médecine, et qu'en effet ses compositions sont d'une incohérence et d'une absurdité qui révoltent l'esprit le moins éclairé en matière médicale, ses partisans disent qu'il a puisé ses précieux secrets en Angleterre, en Italie, etc., où la Médecine est, à ce qu'ils prétendent, bien autre qu'en France. S'il en était ainsi, nous ne pourrions que plaindre les peuples dont la santé serait confiée à de pareils hommes; mais nous observerons, an contraire, à ceux qui l'ignorent, que toutes les connaissances médicales, dans telle contrée du Monde qu'elles aient pris naissance, forment aujourd'hui un corps de doctrine unique. Pas un seul ouvrage de médecine étrangère ne reste ignoré à la médecine française, *et vice versà.* Il y a plus : depuis la Révolution, des médecins français ont été assez zélés pour leur état, et assez dévoués au bien de l'humanité, pour transmigrer sur plusieurs points du globe, afin d'y confirmer des théories avancées par leurs auteurs, et de les soumettre au creuset de l'expérience (1). Enfin, je demande à quiconque veut être juste et impartial, s'il est une science qui excita plus de recherches, vit plus de zèle et de dévouement à sa progression que la Médecine ? Le médecin qui sent l'importance et la dignité de son état, fait, en quelque sorte, le sacrifice de sa vie, dès qu'il entre dans la carrière médicale ; il s'isole entièrement du monde social, pour s'enfoncer dans les profondeurs de l'étude, pendant toute la durée de son existence ; heureux si, en mourant, il a pu reculer de quelques pas les limites de son art. Mais hélas ! combien ne pourrait-on pas compter de médecins qui ont succombé à leurs veilles, à leurs longs et pénibles travaux, avant d'avoir pu arracher à la nature un seul secret qu'ils pussent léguer à l'humanité ? Ceux-là toutefois ne rougissent pas de dire : *Hoc unum scio, quod nihil scio.* Mais M. le curé de Vauchassy, plus favorisé de la science et de la fortune, sait tout, sans jamais avoir rien appris. Quel génie a donc pu le transporter aussi soudainement dans le sanctuaire d'une science si ingrate et si difficile ? Par quel prodige enfin se trouve-t il médecin ? Car, a-t-il jamais jeté un seul coup d'œil sur l'or-

---

(1) Il a fallu que des médecins français pénétrassent dans le fond de la Pologne pour y découvrir tout le mystère de la *Plique polonaise.*

ganisation humaine? a-t-il jamais lu deux pages de médecine étrangère ou nationale ? C'est à lui-même que je m'adresse, et je ne doute nullement qu'il ne convienne du fait : mais, dans le cas contraire, qu'il se rappelle que la réponse à une telle question se trouve aujourd'hui entre les mains de tout un public qui ne peut manquer d'être bientôt désabusé. Nouveau *Mesmer*, véritable *Sganarelle*, il serait du moins à désirer que sa doctrine fût aussi innocente et aussi peu dispendieuse : les amis de l'humanité n'auraient pas à déplorer la perte de beaucoup de malades et la ruine de tant de malheureuses familles qui ont tout sacrifié pour faire le voyage et se procurer, à tel prix que ce fût, les remèdes de Vauchassy. Mais, comme ceux-ci sont chers, tout-à-fait singuliers et d'une activité souvent meurtrière, on les prône comme moyens certains de guérison, et les voilà de suite élevés au rang de spécifiques. Peut-on donc croire, je le répète, que des spécifiques échappant aux recherches d'un millier de savans qui se transmettent, de pays en pays et de siècle en siècle, toutes leurs lumières, soient tombés, comme par enchantement, entre les mains d'un homme que le caractère sacré dont il est revêtu rend mille fois plus coupable que le jongleur de profession. Mais ce n'est point ainsi que raisonne le vulgaire qui ne s'attache qu'au merveilleux, lors même qu'il tourne aux dépens de sa santé et de sa bourse. Cela est si vrai, qu'il proclame, au milieu des victimes de M. le curé, ses cures miraculeuses, et qu'il portera bientôt sa renommée sur tous les points des deux hémisphères. Déjà on accourt, on afflue à Vauchassy, comme chez un libérateur dont la vue seule a, dit-on, guéri beaucoup de malades. Un ecclésiastique dont le caractère et le nom sont également respectables et que la curiosité conduisit près du curé-médecin, nous a rapporté que celui-ci ne pouvant donner audience à l'immense foule qui venait le consulter, se contenta de lui faire faire un acte de foi, en lui prescrivant un de ses remèdes généraux. Sommes-nous donc encore aux temps des Egyptiens et des Hébreux, qui promettaient de guérir les maladies les plus invétérées avec des amulettes ou des paroles sacrées ? Trop facile public, quand cesseras-tu donc d'être ainsi dupé, ou quand veillera-t-on à tes intérêts ?

L'on prétend que M. le curé a le jugement assez pénétrant pour deviner, par la seule inspection de l'habitude du corps, les affections les plus occultes et leurs causes les plus éloignées ; il excelle surtout, dit-on, dans l'art de juger toutes les maladies par le pouls, et Dieu sait, s'il se doute même du pouls et de ses différents états ; l'on va jusqu'à dire qu'il sonde, par ce moyen, les cœurs de tous ses malades; qu'il devine les plus secrètes pensées des amans et des époux. Une dame me disait qu'il avait deviné sa claudication par le pouls. Une autre m'assurait qu'il lui avait prédit le nombre d'enfans qu'elle devait encore avoir, ainsi que leur sexe; à une autre enfin, il a dit à l'oreille qu'elle n'avait pas toujours été sage. Ce langage, sortant de la bouche d'un prêtre, n'est-il pas tout aussi absurde qu'il est indécent? En s'exprimant de cette manière, beaucoup de personnes sentiront cependant qu'il peut bien quelquefois se rencontrer avec la vérité. J'avais refusé à M. le curé de Vauchassy d'avoir jamais lu deux pages de médecine, mais sa tactique médicale me donne, en ce moment, l'idée du contraire; j'ai donc commis, à son égard, une grande injustice, et je viens la réparer : oui, il a du lire l'histoire du Mesmérisme, du Perkicisme, de la Rabdomancie et autres jongleries médicales. Sa conduite est encore souvent calquée sur celle de *Cagliostro* et du *capucin Rousseau*, brillans modèles qui savaient également tout, sans jamais avoir rien appris. M. le curé n'a pas moins de finesse dans ses consultations. Adroit Protée, il change à merveille de langage et de forme. Est-il en défaut dans ses diagnostiques, ou dans ce qu'il a avancé sur le passé? il a une réponse évasive toute prête; il sait éluder au mieux. En veut-on quelques exemples? Voyez-le en face de son malade, prénant un air mystérieux en lui tâtant le pouls, ou tout simplement le poignet : — Vous avez eu, lui dit-il, des coliques, il y a quelques années ? — Je crois qu'oui, Monsieur. — Vous avez eu des douleurs à différentes parties du corps? — Oui, Monsieur. — Comme il devine juste! crie la foule. — A une demoiselle : Vous avez eu la fièvre quarte dans votre jeunesse? — Oui, Monsieur. — Vous avez parfois des maux de tête? — Rien n'est plus vrai. — A madame : Vous avez un mauvais estomac, des digestions pénibles? — Non, pourtant, Monsieur. — Eh bien! vous avez-donc des varices? — C'est très-vrai. — Vous êtes sujette aux glaires? — Oui, Monsieur, c'est encore bien vrai. — Et vous avez eu surtout beaucoup de chagrins dans le courant de votre vie? — Ah! Monsieur, vous avez encore dit la pure vérité... N'est-ce pas là posséder, au plus haut degré, l'art divinatoire? M. le curé a deviné tour-à-tour les coliques et les douleurs de monsieur, la fièvre quarte et les maux de tête de mademoiselle, les varices, les glaires et les chagrins de madame. Hélas! combien d'êtres, ayant parcouru quelques lustres de leur vie, n'ont-ils pas rencontré successivement ou simultanément cette somme de maux? Pourtant je crois encore entendre le peuple s'écrier :

Ils sont bien injustes, ces médecins ! Que veulent-ils donc ? Comment peuvent-ils être ainsi jaloux d'un homme qui rend gratuitement de si éminens services à l'humanité ? En réfléchissant un peu avec quelle facilité les hommes se laissent encore éblouir aujourd'hui, l'on se croirait réellement tout transporté à ces siècles d'ignorance et de barbarie, où les uroscopes, les chiromanciens, les alchimistes, les magiciens et tous les chauds partisans de la philosophie occulte se partageaient le vaste empire de l'Erreur. *Démocrite* n'avait-il pas raison de dire que « la vérité est toute reléguée dans un puits d'une profondeur immense ? » Aussi *Euclide* disait-il, à ce sujet, que, « si la Vérité venait sur la terre, elle s'en retournerait bien vîte, parce qu'elle y serait prise pour de l'Erreur. » En effet, si ces deux philosophes, qui connaissaient jusqu'à quel point l'erreur est inhérente à l'esprit humain, nous apercevaient du fond de leurs tombes, ils reconnaîtraient encore les hommes de leur temps, toujours empressés de donner dans l'illusion, toujours aveugles quand il s'agit de la vérité.

Comme je ne rends compte ici que des circonstances dont je me suis assuré par moi-même, je ne citerai pas toutes les histoires qui ont été faites sur la *doctrine* de Vauchassy, et dont on peut croire que la plupart ont été faites à plaisir.

Ainsi, je ne parlerai pas de ce bœuf nouvellement tué, dans la cavité duquel on a mis un malade atteint de paralysie : il m'a été impossible, jusqu'alors, de croire à l'usage d'un tel topique. Je ne rapporterai pas non plus l'histoire des lézards, vers, crapauds, grenouilles et autres animaux que M. le curé croit toujours trouver dans les entrailles de ses malades, ni les remèdes tout-à-fait singuliers qu'il emploie pour les détruire. Parmi ceux-ci, en voici cependant un que je suis tenté de citer, et qui pourra paraître aussi neuf qu'extraordinaire : il consiste à aller chercher ces animaux dans l'estomac, au moyen d'une ficelle à laquelle est attaché un cœur chaud de poule bien grasse, qui, après avoir été ingéré pendant quelques minutes dans l'estomac, en est retiré tout chargé de sa capture. Voilà un remède que la thérapeutique ne connaissait pas encore, et dont elle sera redevable à M. le curé de Vauchassy. Il est beaucoup de personnes qui ignoraient, sans doute, que leur estomac pût devenir un réservoir d'animaux vivans, et qui s'étonneront surtout que l'on puisse les y pêcher à la ligne. En vérité, M. le curé de Vauchassy aurait fait des merveilles, s'il se fût associé au pseudo-médecin dont on a tant parlé, il y a quelques années, et qui s'était acquis une brillante réputation en faisant sortir des vers du nez, des scarabées de l'estomac, des grenouilles et des couleuvres de l'utérus, des souris et des taupes de l'anus.

Que doit-on penser des calculs vésicaux ( pierres de la vessie ) que le curé-médecin a fait rendre, dit-on, à beaucoup de malades, par la voie des selles : n'eût-il pas été tout aussi facile de dire qu'ils en avaient été retirés par la paume des mains, à l'instar des tours de passe-passe? En attendant que les partisans de la doctrine de Vau-chassy m'apprennent les rapports de communi-cation entre la vessie et le rectum, je leur déclare que ne voulant pas être plus dupe de cette opéra-tion que de beaucoup d'autres non moins mys-térieuses, je la regarderai encore comme du vé-ritable escamotage.

Quelle autre explication donner à l'histoire de cette dame chez laquelle M. le curé *a découvert, par le pouls, un gros et grand ver attaché à un énorme polype siégeant à la pointe du cœur, et qu'il sut également faire rendre par la voie des selles, au moyen de ses remèdes?* Dira-t-on, pour parler plus respectueusement, que les malades qui vont à Vauchassy ont une organisation anatomi-que toute particulière et offrent les phénomènes les plus bizarres? Un tel langage, fruit de l'ignorance ou du fanatisme, serait encore bien digne des ar-dens apologistes du charlatanisme, et digne surtout de ces hommes qui ne craignent pas d'offenser l'Auteur de tout être immuable dans ses lois, pourvu qu'ils encensent des chimères et que, dans leur extase, ils tombent aux pieds d'un astucieux mortel qu'ils ont déifié. Quant à moi, plus admirateur des œuvres de la nature que des miracles de M. le curé de Vauchassy, je n'imputerai jamais à l'une de pareilles erreurs pour accorder à l'autre le talent de les redresser.

L'on a fait, sur les savantes consultations de Vauchassy, une foule d'autres rapports, tous aussi ridicules, qui fourniraient la matière d'un chapitre aussi long que curieux; mais, comme il ne contiendrait pas moins d'un gros vol. in-folio, j'ai cru pouvoir employer mon temps plus à propos. Seulement, j'éprouve le besoin de rendre compte de deux faits qui m'intéressent particulièrement, et qui pourront encore servir de mesure au beau talent de M. le curé; je ne rappellerai toutefois le premier qu'avec un sentiment mêlé de peine et d'indignation; je lui dois surtout des détails, parce que s'il donne, en ce moment, une nouvelle preuve de l'ignorance et de la fourberie de l'homme aux miracles, long-temps il fut pour le peuple un puissant motif de confiance. Voici très-exactement le fait : Un enfant sourd et muet de naissance, bien que les parens attestent que cette muti-surdité soit accidentelle ( ce qui rendrait la cure plutôt possible ), fut conduit, il y a environ quatre mois, près de M. le curé de Vauchassy, qui, après une simple inspection du petit malade, n'hésita pas de donner la certitude de sa prompte et parfaite guérison. Son traitement, que tout le monde connaît, en ce qu'il n'est jamais modifié, ni fondé sur les différentes causes de la surdité, est observé avec une exactitude scrupuleuse et un soin tout-à-fait religieux. Au bout de quelques jours, l'illusion des parens les porte à croire que l'enfant commence à entendre et même à parler. Bientôt le bruit s'en répand dans le village (*), et vient retentir dans tout Chaalons et lieux circonvoisins. Chacun répète que le curé-médecin guérit tous les sourds-muets de naissance et autres, et l'on en apporte pour exemple, *entre autres personnes*, l'enfant dont s'agit. A cette époque, je voulus m'assurer de son état et de son traitement; et ce fut après un examen de l'un et de l'autre que j'affirmai de nouveau l'incurabilité de la maladie et le danger du traitement; mais, les parens, convaincus que l'enfant entend, rient de mon assertion contraire, qui est prise pour de la jalousie de métier. Indigné alors de voir que ce malheureux enfant était ainsi victime de leur illusion, je fis, en présence de plusieurs témoins, la déclaration suivante : « Puis-

---

(*) Ce village est situé à quatre lieues de Chaalons.

» que M. le curé de Vauchassy est assez savant
» pour guérir tous les sourds-muets, et assez gé-
» néreux pour donner des consultations gratuites,
» je veux, dès aujourd'hui, contribuer pour
» quelque chose à ses bienfaits : or, comme les
» remèdes qu'il prescrit sont de nature à apporter
» de grandes difficultés à leur exécution, puis-
» que plusieurs familles malheureuses n'ont pu
» se les procurer, faute de moyens, et que beau-
» coup d'autres ont sacrifié, à cet effet, jusqu'à
» leurs dernières ressources, j'offre, malgré l'ex-
» trême modicité de ma fortune, de payer tous les
» médicamens qui composent un pareil trai-
» tement, s'il est suivi de la guérison. » On ac-
cepte ma proposition, et je déclare, à la face du
ciel, que j'aurais voulu centupler mes offres, et que
le malheureux enfant fût guéri de sa muti-surdité.
J'aurais, dans ce cas, ouvert de suite, en faveur
de tous les malades réputés incurables, une liste
de souscription, à la tête de laquelle on aurait
vu se placer tous les médecins et chirurgiens que
l'on taxe généralement de jalousie contre le curé-
médecin : mais il n'en fut point ainsi. Le malade
est resté sourd et muet, et toutes les espérances de
guérison sont déçues, après plusieurs mois d'un
traitement dispendieux, et qui a pour résultat
la désorganisation de toutes les parties de l'ouïe
et la profonde altération de la santé de l'enfant.

Je demande maintenant ce que doit penser l'homme raisonnable au seul récit de ce fait ? Combien d'autres, s'ils étaient recueillis, viendraient confondre la foule des illuminés, et les dissuader de leur trop funeste crédulité ! Mais tel est le caractère tout-à-fait bizarre de l'esprit humain, tout ce qui a l'air de mystère sera toujours un véritable hameçon, auquel mordra d'abord l'homme ignorant ou peu éclairé, et trop souvent, à la honte de la raison, des hommes instruits, pour peu qu'ils soient fanatiques. Voici le second fait que je crois devoir encore rapporter : Une dame, fort respectable d'ailleurs, fut conduite à Vauchassy, sous l'influence d'une crédulité superstitieuse. M. le curé, comme de louable habitude, lui conseilla, pour moyens de traitement, un amalgame informe de drogues, ou plutôt un véritable galimathias, dont j'aurais pu rire de pitié, si je les avais trouvés du moins innocens ; mais je ne sais si le plus vigoureux russe eût pu les supporter. Pourtant ils devaient infailliblement guérir, en quinze jours, madame . . . . dont la constitution était faible, et la maladie grave. L'avis que je donne de ne pas les suivre, y voyant les plus grands inconvéniens, n'est nullement écouté, et il faut que l'état de la malade empire d'une manière effrayante, pour la décider enfin à suspendre ses remèdes. Comme je devais consciencieusement me refuser d'être complice d'un pareil traitement, et que d'ailleurs M. le curé avait entièrement captivé la confiance de la malade, je cessai de la voir, et j'appris bientôt que, par les soins d'un confrère, elle avait été remise de suite à l'usage des moyens que je lui avais primitivement indiqués. Depuis cette dernière époque, son état s'est sensiblement amélioré, et il laisse aujourd'hui les plus grandes espérances d'une prochaine guérison.

Je pourrais multiplier, à l'infini, de pareils exemples des nombreuses victimes que fait journellement M. le curé de Vauchassy, mais c'en est assez pour éclairer ceux qu'il suffit de mettre sur la route du vrai, et c'en est encore trop pour ceux qu'une profonde ignorance rend incapables d'écouter toute espèce de raison, aussi bien que pour ceux dont les préjugés enracinés ou les idées superstitieuses fascinent tous les sens : c'est à tous ces hommes que l'on pourrait appliquer ce langage du roi prophète au peuple d'Israël : *Oculos habent et non videbunt, aures habent et non audient*, etc. etc.

Quelques personnes ont cru pouvoir justifier les consultations de Vauchassy, en ce qu'elles sont gratuites. Jusqu'alors, tout le monde n'a pas été bien convaincu de cette vérité; quant à moi je déclare n'en avoir jamais douté, et suis même flatté de trouver, au moins une fois, l'occasion de plaider en faveur de M. le curé(*). Cependant, avec toute sa générosité, pense-t-on que ses consultations reviennent moins cher que celles que l'on irait chercher à Paris près des hommes célèbres qui ont agrandi le domaine des sciences médicales, et dont l'Europe entière admire, à juste titre, les talens? C'est à tous ceux qui ont fait le voyage de Vauchassy que je le demande. Mais quoi, j'oubliais qu'à leurs yeux les noms de *Pinel, Chaussier, Hallé, Royer-Collard, Alibert,* etc. etc. s'abaissent devant celui du curé de Vauchassy. Pour parler plus sérieusement, je ne pense pas du tout que la logique de tels défenseurs soit admissible, et que même le plus noble désintéressement puisse excuser des fautes aussi graves et aussi multipliées; car il s'ensuivrait de là que chacun pourrait empoisonner gratuitement, et qu'alors toutes les contrées du Monde seraient bientôt infestées de pareils fléaux. Au surplus, M. le curé, sans être guidé par un intérêt pécuniaire, peut bien être animé d'un de ces grands intérêts qu'Helvétius nous a si bien peints dans son ouvrage *de l'Esprit :* il paraît être avide de gloire, il porte un nom et un titre

_______________

(*) Je n'assurerais pas, toutefois, que M. le curé n'eût un peu dépassé, dans la vente de ses drogues, le prix établi dans le tarif des pharmaciens.

imposant, qui ont dû contribuer, aux yeux de certaines gens, à lui donner la *science infuse*. Mais au reste, quel que soit le sentiment qui dirige en ce moment sa conduite à l'égard des malades qui le consultent, je ne chercherai point à l'expliquer : je dirai seulement que sa célébrité coûte un peu cher à l'humanité, et qu'il aurait au moins dû tâcher de l'acquérir autrement que par le sacrifice de ses nombreuses et infortunées victimes. Je veux bien croire cependant qu'il n'a pas la conscience de ce qu'il fait, et qu'il ignore les suites de ses consultations ; car toute supposition contraire le rendrait réellement assassin ; mais avec cette indulgence que commande la charité chrétienne et que pourtant n'a pas toujours eue pour nous M. le curé, qui blâme généralement nos méthodes curatives, ses plus zélés partisans ne pourront disconvenir que, confondant toutes les maladies aussi bien que leur traitement, ne tenant nullement compte de l'âge, de la force, du sexe, du tempérament et des autres dispositions individuelles des malades, il ne soit au moins un aveugle qui frappe à tort et à travers.

## DEUXIÈME QUESTION.

M. le curé de Vauchassy agit-il en Médecine, sous l'influence d'une puissance divine avec laquelle il serait immédiatement en rapport ?

Ou bien, est-il doué *d'un sixième sens* (*), ou de facultés surnaturelles, qui lui donneraient un surcroît de vie intellectuelle ?

Je sens assez toute la délicatesse de cette double question pour ne l'aborder qu'en tremblant: aussi, j'aurai soin de ne pas trop m'enfoncer dans un sujet que l'on peut à peine, aux yeux de quelques personnes, effleurer innocemment. Pour éviter toutefois qu'elles ne donnent de fausses interprétations à mes intentions, je vais leur faire, ainsi qu'au public, une déclaration sincère de ma profession de foi.

La Religion, à mon avis, est sœur de la Médecine. Le médecin doit donc appeler constamment à son secours un ministre de l'Autel. C'est leur sollicitude réunie qui, agissant puissamment sur l'imagination de beaucoup de malades, les rend si souvent à la santé; c'est elle qui vient couvrir du voile de l'espérance les approches d'une mort certaine ; c'est encore elle qui sème de fleurs la tombe du défunt; c'est elle enfin qui, dans les familles affligées, verse un si doux baume de consolation sur les plaies du cœur que causent trop souvent des pertes irréparables. Le médecin ne doit donc jamais oublier que la Religion et la

_______________

(*) Buffon nomme ainsi le siège de l'amour physique ; mais cette expression prend ici une autre signification.

Médecine ont toujours besoin de marcher de front et de s'appuyer respectivement. Mais aussi, sa religion doit être celle des hommes sensés et éclairés qui savent se renfermer dans de justes bornes. Elle doit être sage, exempte de bigoterie, d'hypocrisie, de superstition et de fanatisme. C'est alors qu'elle est belle, consolante et aimable à mes yeux; c'est alors qu'elle charme l'existence de l'homme malheureux qu'elle nourrit des plus douces espérances; c'est alors, dis-je, qu'elle est le plus ferme et le plus solide appui de la faiblesse humaine.

Que M. le curé de Vauchassy soit inspiré de la Toute-puissance divine; qu'il soit même, suivant l'expression de beaucoup d'ascétiques, *un envoyé de Dieu*, c'est ce que je ne veux nullement contester. Je me permettrai de dire seulement que, dans cette dernière hypothèse, il serait encore pour les hommes un nouveau moyen de correction, et un véritable instrument de vengeance céleste. Mais je ne pense pas du tout que le ciel ait voulu se servir d'un tel moyen pour nous faire expier nos fautes. Non, M. le curé de Vauchassy n'est pas *l'homme de Dieu* que la prophétie a annoncé depuis plusieurs siècles, et qu'attendent les illuminés des campagnes. Celui-là sera, sans doute, investi de pouvoirs plus certains et plus dignes de la divinité; car en accordant même au curé-médecin douze sens, au lieu de six, on conviendra facilement qu'il n'a pas encore le bon ; et s'il en possède un plus fin que beaucoup d'autres, c'est celui de faire à merveille des dupes. En effet, si le hasard ou un excès de complaisance ont guéri deux malades sur plusieurs milliers; si même pour accorder le plus possible à M. le curé, l'extrême activité de ses remèdes incendiaires a pour l'instant soulagé quelques rhumatisans, ses cures miraculeuses sont loin de compenser les résultats, trop souvent meurtriers, de la plupart de ses remèdes; car combien ne pourrait-on pas citer de malheureux dont l'état a empiré d'une manière effrayante ? et combien d'autres sont morts à la suite de leur traitement ? On répond à cela qu'ils devaient mourir. Je veux bien être assez indulgent pour le croire et admettre la réponse ; mais il me sera du moins permis de demander pourquoi l'on attribuerait plutôt aux remèdes de M. le curé la guérison que la mort de ceux qui les ont suivis. Les hommes qui veulent être injustes, ne pourraient-ils pas être au moins d'accord avec eux-mêmes ?

M. le curé de Vauchassy que le peuple a fait *médecin sans le savoir*, et à qui il a même voulu persuader qu'il était un être surnaturel, paraît répondre de son mieux à la sublime idée que l'on a conçue de sa personne : il fait plus que *Ca-*

*gliostro* s'environnant de tout l'appareil de l'illu=
minisme, et étonnant ses adeptes par tous les
prestiges du miracle. Son langage ne paraît plus
sortir d'une voix humaine; ce n'est plus un Dieu
qui se fait homme, c'est un homme qui se fait
Dieu. Il ne dit pas textuellement aux sourds-
muets : *Ephpheta*, parce qu'il sait bien que les
Champenois ne savent pas tous l'hébreu, et qu'il
en est même beaucoup qui ne se doutent pas du
style évangélique; mais il leur dit, avec tout l'ac-
cent de la voix du Christ : *Retournez chez vous,
votre guérison est assurée.* — Aux paralytiques :
*Dans quinze jours vous serez guéris.*—Enfin, aux
aveugles, même langage et mêmes promesses.
C'est réellement dommage qu'il ne réussisse pas;
car, la haute renommée qu'il s'est acquise en ne
faisant que des dupes, fait assez croire quel'on ver-
rait bientôt l'univers entier venir se prosterner devant lui, s'il opérait une seule guérison inespérée.
Mais, malheureusement, le ton de Jésus-Christ ne
lui en a pas valu les miracles, car depuis plusieurs
mois que je suis sans cesse à leur recherche, je
n'ai pu encore rencontrer que ceux proclamés par
le complaisant *on dit.*

Concluons donc, en un mot, et sans crainte
d'être démenti, que M. le curé de Vauchassy
n'est pas plus doué du *sixième sens* que de
la science de la Médecine, et qu'aux yeux des

hommes sages il ne méritera jamais d'autre titre que celui de véritable empirique.

On sent, néanmoins, combien un tel langage, sortant de la bouche d'un prêtre dont les dehors sont, dit-on, fort séduisans, peut avoir d'influence sur le moral déjà affaibli de beaucoup de malades qui, ayant épuisé tous les secours de l'art, sont souvent entraînés par le désespoir dans les piéges du charlatanisme, lorsque surtout, il est entouré de son plus imposant cortége.

S'il en est quelques-uns que ce petit écrit ait pu désabuser, ils ne manqueront pas de s'écrier avec Perse : *O stultitia hominum! quantùm in rebus inane!* quant aux autres, l'on ne peut plus que leur dire : *Qui vult decipi, decipiatur.* Et si je devais leur donner un dernier avis, ce serait de se procurer les remèdes de Vauchassy (*) partout où ils peuvent le faire, devraient-ils les prendre au hasard, comme le fait habituellement M. le curé : ils éviteraient, au moins, un voyage plus ou moins long, toujours dispendieux et souvent très-préjudiciable à leur état de santé. Mais, ce conseil ne pourrait être écouté des malades, pour qui la

---

(*) Jusqu'alors l'on n'a pu compter que neuf remèdes extraits du fameux régistre de M. le curé. Ils se trouvent aujourd'hui dans presque toutes les pharmacies des départemens voisins de la Champagne. Je les aurais néanmoins rapportés, si je n'avais pas craint de trop m'étendre sur un sujet auquel je ne devais donner que quelques Réflexions.

vue d'un empirique est un besoin tout aussi im-
périeux que celui de faire usage de ses remèdes.

Je ne saurais terminer ces réflexions sans émet-
tre ici un sentiment bien pénible, et qui plus d'une
fois est venu affliger mon cœur, c'est de voir, dans
les consultations de Vauchassy, la Religion at-
teinte des mêmes coups que l'Humanité. Les amis
de l'une et de l'autre ne verront-ils pas, en effet,
un outrage fait à la première, en même temps qu'ils
ont vu la seconde abusée et froissée dans ses droits
les plus sacrés ?